S.D. Stuart

Dzień creeperów

Przygody w świecie Minecrafta

Wydawnictwo ARKADY

DZIEŃ CREEPERÓW

Josh, Andre i Suzy przemierzają niedostępny dla innych graczy świat Minecrafta, zamieszkany przez inteligentne, samodzielnie rozwijające się moby. Poszukują Herobrine'a, który przebywa tam już od ponad stu lat (czasu gry) i w każdej chwili może przejąć kontrolę nad całym Internetem. Docierają do kolejnego miasta i dowiadują się, że jest ono oblężone przez creepery. Starając się pomóc osadnikom, trójka bohaterów odkrywa straszną prawdę: ataki potworów są sterowane przez kogoś opętanego żądzą władzy.

Dzięki ogromnemu sukcesowi powieści *Herobrine powstaje* oraz żądaniom czytelników, pragnących wiedzieć, jak akcja potoczy się dalej, *Przygody w świecie Minecrafta* rozrosły się w serię książek. Każda z nich jest odcinkiem większej historii.

Czy trójce dziesięciolatków – Joshowi, Andremu i Suzy – uda się powstrzymać Herobrine'a przed podbojem świata Minecrafta? Czy ludzkość stanie przed zagrożeniem ze strony jednego z najgroźniejszych bossów gier wideo, jacy kiedykolwiek zostali stworzeni?

Tytuł oryginału: *Day of the Creepers: A Minecraft Adventure*

Książka wydana po raz pierwszy w 2013 roku
przez Ramblin' Prose Publishing
Copyright © 2013 Steve DeWinter
www.SteveDW.com

ISBN 978-83-213-4905-3

Tłumaczenie: Joanna Hatłas-Czyżewska
Redakcja: Beata Iwicka
Konsultacja (Minecraft): Mariusz Domański
Korekta: Renata Zielińska

Rozdział 1.

Mason posuwał się powoli w głąb tunelu. Co trzydzieści kroków przystawał, wyjmował z torby pochodnię i mocował ją na kamiennej ścianie. Blask ognia oświetlał niewielki tylko odcinek drogi. Dalej ciemność stawała się coraz gęstsza i coraz groźniejsza.

Mężczyzna szedł długo wąskim korytarzem, aż wyczuł przed sobą większą przestrzeń. Jaskinia. Nareszcie! Sięgnął do torby, lecz okazała się pusta. Zużył cały zapas pochodni, by oświetlić tunele prowadzące do tego miejsca. Musi zawrócić. Wyjdzie na powierzchnię, zabierze więcej pochodni i przyjdzie tu ponownie. Trzeba zbadać tę jaskinię. Czuł, że tu może znajdować się coś, co uwolni miasto od plagi, jaka na nie spadła. Od nieustannego strachu, w jakim żyli wszyscy mieszkańcy.

Mason obejrzał się na migoczące w głębi korytarza punkciki światła. Idąc wzdłuż nich, dotrze w miarę bezpiecznie do wyjścia. Ile czasu pozostało do zachodu słońca? Rozpoczął swą wędrówkę, kiedy tylko zaczęło świtać. Powinien więc zdążyć dotrzeć do domu, zanim zapadnie noc. Wewnątrz murów Estermeadu nic nie będzie mu groziło. Wróci tu rano.

Zrobił krok w kierunku świateł i stanął jak wryty. Szybko przeliczył pochodnie płonące na ostatnim odcinku tunelu.

Powinno być ich więcej.

I wtedy jedna z nich zamigotała i zgasła. Gdyby Mason nie patrzył akurat na nią, mógłby tego nie zauważyć.

Skamieniał ze strachu. Uświadomił sobie właśnie, że również pochodnie, które powinny znajdować się dalej, już się nie palą. Jak zdoła wydostać się z tego labiryntu bez światła? Jak odnajdzie drogę w ciemności?

Płomień kolejnej pochodni zachybotał się i zniknął, jakby zdmuchnął go wiatr.

Mason cofnął się do wylotu jaskini, obserwując z przerażeniem, jak jedno po drugim gasną światła znajdujące się coraz bliżej niego. Serce załomotało mu w piersi, kiedy w blasku ostatniej pochodni ujrzał nakrapianą zieloną twarz przysuwającą się do rozżarzonej głowni.

Ogarnęła go ciemność. Nie widział nic. Jedynymi zmysłami, na których mógł teraz polegać, były słuch i dotyk.

Zsunął z ramienia łuk i po omacku nałożył strzałę na cięciwę, nie przestając analizować sytuacji.

Widział, jak creeper zdmuchuje pochodnię.

Te potwory nigdy wcześniej tego nie robiły.

Uczyły się? Czy może ktoś je uczył?

Mason naciągnął łuk i przechylił głowę, nasłuchując charakterystycznego odgłosu przypominającego cichy szelest suchych liści.

Dźwięk dobiegł go z ciemności po lewej stronie. Mężczyzna wycelował i wypuścił strzałę. Świsnęła w powietrzu i z trzaskiem rozprysła się na ścianie jaskini. Szybko sięgnął po kolejną. Ponownie naciągnął łuk i cofnął się.

Creeper zaszeleścił w mroku na prawo od niego. Mason strzelił, ale znowu chybił. Strzała poleciała daleko i z głuchym stuknięciem odbiła się od kamiennego podłoża.

Po omacku posuwał się w głąb jaskini, bezskutecznie próbując trafić potwora. W końcu pozostała mu tylko jedna strzała.

Wyjął ją i starannie nałożył na cięciwę. Napiął mięśnie, starając się utrzymać łuk nieruchomo w drżących dłoniach. Nasłuchiwał.

Dreszcz przebiegł mu po plecach, gdy w ciemnościach tuż za nim rozległ się niepokojący syk.

Zanim dosięgła go fala eksplozji, oczami wyobraźni zobaczył roześmianą twarz siostry.

Rozdział 2.

Josh złożył mapę i niezgrabnie, jedną ręką wepchnął ją do torby. Drugą mocno trzymał za uzdę boczącego się konia.

– Najbliższe miasto nazywa się Estermead – oznajmił.

Andre, poirytowany walką ze swoim wierzchowcem, wciąż zbaczającym z gościńca, warknął:

– Może mi wyjaśnisz, dlaczego kazałaś nam iść pieszo?

Suzy spojrzała na swojego konia, który posłusznie stąpał za nią.

– Do miasta jest daleko, a ta droga wygląda jak po bombardowaniu. Same dziury – odparła pogodnie. – My się nie zmęczymy, ale konie tak.

Andre zaparł się piętami, bo uparte zwierzę dostrzegło zarośla i koniecznie chciało sprawdzić, jak smakują.

– Hej, Josh! Słyszałem wyraźnie, jak Notch mówił, że możemy latać. Pamiętasz?

– Tak. Ale on powiedział, że nie możemy pozwolić, żeby tutejsi ludzie zobaczyli, jak to robimy – poprawił brata Josh.

Andre zaciągnął konia z powrotem na drogę.

– Nikogo tu nie ma – sapnął. – Można by spróbować.

Suzy pokręciła głową.

– Nie mamy pewności, że nikt nas nie zobaczy. Myślę, że bezpieczniej będzie pozostać na ziemi.

Andre z trudem panował nad wierzchowcem. Zwierzę głośno zarżało i stanęło dęba tuż przy krawędzi ogromnej wyrwy.

– Bezpieczniej! – prychnął. – Ciekawe, dla kogo?

– Przecież nie wiemy nawet, jak się lata – Josh z wahaniem poparł Suzy, spoglądając na podziurawiony gościniec.

Po prawej stronie drogi ciągnęły się zrujnowane zagrody. Andre wskazał ruchem brody najbliższy z domów, z którego pozostały jedynie fragmenty ścian i skrawek zarwanej podłogi.

– Sami widzicie, że nie musimy się przejmować tym, co sąsiedzi sobie o nas pomyślą. Powinniśmy potrenować latanie. Potrzebujemy trochę czasu, żeby się tego nauczyć. – Popatrzył z nadzieją na brata i Suzy.

Ale ona nie słuchała. Przystanęła i powiodła wzrokiem po zniszczonych zabudowaniach.

– Wszystkie te domy zostały wysadzone w powietrze – zauważyła. – Jak myślicie, kto to zrobił?

Josh ostrożnie przeprowadził konia skrajem kolejnego leja i zatrzymał się obok Suzy.

– Tak, ktoś je wysadził. Mam nadzieję, że wieśniacy zdążyli uciec, zanim to się stało – powiedział.

– To robota creeperów – wyjaśnił Andre. – Widziałem coś takiego w swojej grze. Tak właśnie wyglądały moje wioski, jak wyspawnowałem w nich mnóstwo creeperów, przełączałem się na tryb przetrwania i sprawdzałem, jak długo przeżyję.

Dziewczynka zmarszczyła brwi.

– Ale Notch chyba powiedział, że ten świat był wzorowany na rzeczywistym. Nie powinno tu być żadnych creeperów, zombi ani innych takich.

– Najwyraźniej ktoś zmienił program – stwierdził Andre.

Wszyscy troje popatrzyli na siebie i powiedzieli jednocześnie:

– Herobrine!

Spomiędzy spalonych domów dobiegł ich mrożący krew w żyłach krzyk. Odwrócili się w tamtym kierunku i dostrzegli młodą kobietę, która biegła wprost na nich, zamierzając się trzymanym oburącz kilofem.

Spłoszone konie wyrwały się i popędziły przez pole leżące na lewo od drogi. Suzy uniosła ręce w geście poddania i zrobiła kilka kroków w stronę napastniczki. Kobieta krzyknęła ponownie i zaatakowała. Suzy zrobiła zwrot, unikając ciosu w głowę. Ostrze prześlizgnęło się po jej policzku, przecinając go głęboko. Zatoczyła się i upadła.

Andre z osłupieniem patrzył na krew spływającą po jej twarzy.

– Notch powiedział, że nikt nas nie zrani – wyszeptał.

Kilof ze świstem przeleciał mu przed nosem i chłopiec natychmiast oprzytomniał.

– Hej, no co jest?! – krzyknął, uchylając się przed ciosami nacierającej na niego kobiety. Odwrócił się i zaczął uciekać co sił w nogach, wrzeszcząc przez ramię do brata: – Josh, zrób coś!

Dopadł płotu i przeskoczył przez niego.

– Hej! – Josh wyszedł na środek drogi.

Kobieta przestała ścigać Andrego i utkwiła dzikie spojrzenie w nowym przeciwniku. Josh zbladł i powoli, krok po kroku zaczął się cofać. Cokolwiek zamierzał zrobić lub powiedzieć, już nie zdążył. Napastniczka ruszyła na niego z impetem, wydając przeraźliwy okrzyk.

Rozdział 3.

Josh cofał się, zmuszając atakującą kobietę, by podążała za nim. Gdy ponownie zamachnęła się kilofem, skoczył nagle do przodu, wytrącając jej narzędzie z rąk. Stylisko uderzyło chłopca w ramię, wywołując tępy ból.

Josh pochwycił ręce napastniczki i starał się je przytrzymać, powtarzając w kółko:

– Spokojnie! Jesteśmy przyjaciółmi! Wszystko w porządku! Spokojnie.

Wyrywała się i krzyczała:

– Wypowiedziałeś Jego imię! Tylko ci, którzy są na Jego rozkazy, wymawiają Jego imię!

– Czyje imię?

Andre podbiegł do nich i pomógł bratu, chwytając kobietę mocno za ramiona.

– Pewnie chodzi o Herobrine'a – wysapał.

Nieznajoma zaczęła szamotać się jeszcze bardziej, próbując uwolnić ręce. Ale chłopcy trzymali mocno. Suzy podeszła i stanęła naprzeciw niej.

– Nie pracujemy dla niego – oznajmiła stanowczo.

Kobieta przestała walczyć i spojrzała na dziewczynkę.

– Więc dlaczego ośmielacie się wymawiać Jego imię?

Suzy uśmiechnęła się szeroko.

– Bo się go nie boimy.

Oczy nieznajomej rozszerzyły się nagle, a na jej twarzy pojawił się wyraz paniki.

– Twoja rana...

Suzy dotknęła policzka i starła z niego zaschniętą krew. Cięcie zagoiło się już, tworząc świeżą bliznę.

Kobieta znowu zaczęła się szarpać.

– Jesteście tacy jak On! Zabijcie mnie szybko! Nie znęcajcie się nade mną!

Andre skrzywił się.

– To jakaś bzdura. Nie przyszliśmy tu, żeby zabijać!

Nieznajoma rozpłakała się i osunęła bezwładnie w ramionach chłopców.

– Proszę! Błagam was! – zawodziła. – Nie torturujcie mnie!

Josh opuścił ją delikatnie na ziemię.

– Nie mamy zamiaru nikogo skrzywdzić. Naprawdę – zapewnił.

Kobieta uniosła głowę i pełnymi łez oczyma powiodła po ich twarzach.

– A więc nie jesteście tutaj z Jego powodu?

Andre rozłożył ręce.

– No, chcemy go odnaleźć...

– Żeby go powstrzymać – dokończyła prędko Suzy, widząc, że nieznajoma już nabiera tchu, by na nowo podjąć lament.

Kobieta wpatrywała się w nią, ocierając mokre policzki.

– I nie przyszliście tu po to, żeby nas zabić?

Dziewczynka położyła dłoń na jej ramieniu.

– Nie. Przyszliśmy tu, żeby pomóc.

Nieznajoma odetchnęła z ulgą i uśmiechnęła się.

– Wiedzieliśmy, że przybędzie ktoś, kto wybawi nas od plagi.

Suzy uniosła brwi.

– Od jakiej plagi?

– Creeperów. Atakują nas każdej nocy. Przez długi czas dawaliśmy sobie z nimi radę, ale ostatnio zaczęły działać w sposób bardziej... planowy. Przemyślany. Nie nadążamy z naprawą murów. Wysłaliśmy więc posłańców do innych miast z prośbą o pomoc. No i przybyliście.

Andre odciągnął na bok Suzy i Josha.

– Notch powiedział, żebyśmy się nie wtrącali – syknął.

Dziewczynka obrzuciła go ostrym spojrzeniem.

– Nie wtrącamy się. Pomagamy.

– Nie możemy zajmować się problemami każdego, kogo spotkamy – zaoponował Andre. – Musimy znaleźć... – obejrzał się na nieznajomą i ściszył głos. – Musimy jak najszybciej znaleźć wiecie kogo i wrócić do domu.

Suzy chwyciła go za rękę.

– Posłuchaj, ludzie, którzy tu żyją, mieli z nim do czynienia przez sto lat. Jeżeli chcemy go odszukać, powinniśmy im pomagać, żeby zdobyć ich zaufanie.

Andre prychnął i zwrócił się do brata:

– Powiedz tej wariatce, że nie możemy tracić czasu na jakieś bohaterskie czyny.

Josh popatrzył na kobietę. Uśmiechnęła się, kiedy ich oczy się spotkały. Odetchnął głęboko i oznajmił:

– Suzy ma rację. Z pomocą tych ludzi znajdziemy go szybciej. I nie ma tu nikogo innego, kto mógłby uratować ich miasto przed creeperami.

Brat chwycił go za ramiona i mocno potrząsnął.

– Oprzytomniej, Josh! Nie jesteśmy żadnymi bohaterami!

Chłopiec pokiwał głową.

– Zgadza się, Andre. Nie jesteśmy bohaterami – przeniósł wzrok na twarz Suzy. Rana na jej policzku zagoiła się już całkowicie, nie pozostawiając nawet blizny. – Jesteśmy supermenami!

Rozdział 4.

Kobieta miała na imię Elbertina. Opowiedziała im o swoim bracie, który wyruszył na ochotnika do kryjówki creeperów, by zniszczyć ich gniazdo, i zaginął.

– To było miesiąc temu – mówiła, przeprowadzając trójkę poszukiwaczy przez otwór w zewnętrznym kręgu podwójnych murów otaczających miasto. – Po tym, jak Mason zniknął, zaczęło tu przychodzić coraz więcej creeperów. Wszystkie koncentrują atak w tym właśnie miejscu. Nie nadążamy z odbudową murów. Wcześniej atakowały losowo, raz tu, raz tam, więc łatwo było naprawiać wyrządzone przez nie szkody. Teraz, jeśli ich nie powstrzymamy, wkrótce dotrą do wewnętrznego muru i miasto upadnie w ciągu tygodnia.

Suzy poklepała ją uspokajająco po ramieniu.

– Nie pozwolimy na to.

Elbertina uśmiechnęła się do dziewczynki.

– Cieszę się, że przybyliście nam na pomoc.

– Ja też – Suzy odwzajemniła uśmiech.

Dotarli do wewnętrznego muru. Kobieta wskazała przymocowaną do niego drabinę i wyjaśniła:

– Robimy, co w naszej mocy, żeby wewnętrzny krąg był szczelny. Zamurowaliśmy wszystkie bramy i umieściliśmy w różnych miejscach drabiny. Dzięki nim możemy wychodzić rano z miasta i wracać przed zapadnięciem zmroku. Creepery nie mają ramion, więc nie jest im łatwo używać drabin.

Zaczęli się wspinać.

– Kiedy skoncentrowały swoje ataki w jednym miejscu, zburzenie fragmentu zewnętrznego muru zajęło im tydzień – opowiadała dalej Elbertina, podciągając się na kolejnych szczeblach. – Gdyby nie łucznicy, już kilka dni temu wybiłyby otwór w wewnętrznym kręgu i wdarłyby się do miasta. – Dotarła na szczyt muru i wyciągnęła rękę do podążającej za nią Suzy.

– A kiedy creepery zaatakowały po raz pierwszy? – spytała dziewczynka.

Kobieta pomogła jej wdrapać się na kamienny występ.

– To było na długo przed moim urodzeniem – odparła. – Podobno tylko Stary Sven wie, dlaczego tu przybyły.

– I od tamtego czasu każdej nocy atakują wasze miasto?

– Nie. Moi rodzice mówili, że oblegały Estermead przez piętnaście lat, aż pewnego dnia po prostu przestały. Ludzie odczekali kilka tygodni, a potem wyszli poza mur i zbudowali tam farmy. Przez długi czas panował spokój i wszyscy myśleli, że creepery odeszły na zawsze. Wtedy urodziliśmy się Mason i ja. A pięć lat temu wszystko zaczęło się na nowo. Creepery nadeszły bez ostrzeżenia i zniszczyły wioski w pobliżu miasta. Przybywało ich coraz więcej i więcej. O zmroku podchodziły pod zewnętrzny mur i atakowały go. Łucznicy strzelali do nich, ale na miejsce każdego zabitego potwora kolejnej nocy przychodziło kilka nowych.

Bliźniacy zdążyli już także przedostać się na szczyt muru.

– A dlaczego creepery na was napadają? – zapytał Josh. – Mówiłaś, że jest ktoś, kto to wie.

Elbertina westchnęła.

– Tak, Stary Sven. Ale nikt nie ma odwagi go o to zapytać.

Andre wytrzeszczył na nią oczy.

– Co?

– Pogryzł ostatnią osobę, która próbowała.

– Jak to: pogryzł?

Kobieta westchnęła ponownie.

– Oszalał po pierwszym ataku creeperów. Od tamtej pory jest zamknięty w szpitalu psychiatrycznym.

Rozdział 5.

Mieszkańcy Estermeadu serdecznie przywitali przybyszów. Usłyszawszy, że troje śmiałków zamierza ocalić ich miasto, dostarczyli im miecze, łuków, strzał i pochodni, po czym, życząc im powodzenia, wrócili do pracy przy umacnianiu wewnętrznego muru. Nie było czasu na długie ceremonie. Nikt z osadników nie chciał ryzykować bezpieczeństwa miasta, polegając tylko na obcych – nawet na takich, którzy twierdzili, że niczego się nie boją i wymawiali Jego imię.

Elbertina zaofiarowała się, że pokaże nowym przyjaciołom wejście do jaskiń, w których zaginął jej brat. Suzy, Josh i Andre zabrali broń i pochodnie, ponownie przekroczyli oba kręgi murów i ruszyli za swą przewodniczką. Gdy dotarli na miejsce, było już późne popołudnie. Kobieta pożegnała się z nimi i pospiesznie podążyła do miasta, chcąc wrócić tam przed zachodem słońca.

Troje bohaterów patrzyło za Elbertiną, dopóki jej sylwetka nie zniknęła im z oczu. Wtedy
odwrócili się i spojrzeli na ziejący w skalnej
ścianie otwór prowadzący do podziemi.

– No to idziemy – mruknął Andre, ale nie
ruszył się z miejsca.

Suzy prychnęła:

– Nie pędź tak, bo cię nie dogonię!

Przeszła obok niego i śmiało wkroczyła do
mrocznego tunelu, wyjmując z torby pochodnię. Umieściła ją na ścianie i obejrzała się na
chłopców:

– Czekacie na specjalne zaproszenie?

Josh i Andre spojrzeli na siebie. Pokręcili
głowami i ruszyli za nią.

Szli długo wąskim korytarzem. Po drodze
Suzy zapalała znajdujące się na ścianie pochodnie.

– Musiał je tu zostawić brat Elbertiny –
stwierdziła. – Ale dlaczego wciąż można je ak-
tywować?

– Bo nie wypaliły się do końca – wyjaśnił

Andre. – Zobacz, ile jeszcze zostało owiniętej wokół nich nasmołowanej szmaty. Wygląda na to, że zostały zdmuchnięte.

Josh obejrzał się. Długi rząd światełek za nimi wskazywał drogę, którą przebyli.

– Nie czuję przeciągu – zauważył. – A to znaczy, że nie zdmuchnął ich wiatr.

– Myślisz, że ktoś szedł za tym Masonem i gasił mu pochodnie? – Andre zmarszczył brwi. – A potem dopadł go w ciemności i...

– Nie wiem. Nikt nie wie, co mu się przydarzyło. Może po prostu wystraszył się i uciekł. A potem wstydził się wrócić do miasta.

W trakcie wędrówki przez tunele Josh co jakiś czas oglądał się za siebie i w pewnym momencie dostrzegł, że najbardziej oddalona od nich pochodnia już się nie pali. Przystanął i z zapartym tchem patrzył, jak gaśnie następna.

– Ej, czekajcie!

Suzy i Andre zatrzymali się i odwrócili. Josh wskazał ręką w głąb korytarza.

– Pochodnie gasną.

Świetliste punkciki wytyczające szlak prowadzący na zewnątrz znikały jeden po drugim. Ciemność nieubłaganie zbliżała się do stojących w milczeniu poszukiwaczy.

Rozdział 6.

Suzy zareagowała najszybciej. Założyła strzałę na cięciwę łuku, naciągnęła go i wysunęła się przed Josha. Wycelowała w najbardziej oddalone od nich światełko i czekała. Kiedy tylko pochodnia zaczęła migotać, dziewczynka wypuściła strzałę.

Płomień zgasł i w mroku rozległ się jęk. Nie brzmiało to jak ludzki głos.

Suzy ponownie naciągnęła łuk. Andre stanął przy niej z mieczem w dłoni. Josh nie ruszył się z miejsca, wpatrzony w napięciu w ciemność i w coś, co się w niej ukrywało, zmierzając w ich kierunku.

Wreszcie w słabym świetle pochodni dostrzegł znajomy kształt.

– Creeper! – krzyknął, wyciągając miecz.

Rzucił się w stronę zielonego moba, chcąc go dopaść, zanim wybuchnie.

Creeper nie dał się zaskoczyć. Uchylił się przed ciosem miecza i syknął.

Gdyby teraz eksplodował, wszyscy troje znaleźliby się w poważnym niebezpieczeństwie. Notch zwiększył wprawdzie poziom ich wytrzymałości tak, że byli prawie nieśmiertelni, ale „prawie" oznaczało, że mogą zostać poranieni, a nawet zabici w grze. Myśli te przemknęły Joshowi przez głowę bardzo szybko. Uznał, że najlepiej będzie, jeśli tylko jedno z nich przyjmie na siebie całą siłę wybuchu creepera.

Runął z wrzaskiem na potwora, atakując go głową. Zacisnął ramiona wokół kanciastego cielska i pchał je przed sobą, odciągając jak najdalej od Suzy i brata. Creeper zaczął migotać. Josh przyspieszył, powtarzając sobie w duchu, że przetrwa eksplozję. Poczuł wstrząs i bolesny ucisk w uszach, a potem nie czuł już nic.

Rozdział 7.

– Nieeeee!

Krzyk Andrego zlał się w jedno z hukiem wybuchu. Podmuch eksplozji zgasił wszystkie pozostałe pochodnie naraz i odrzucił chłopca w głąb tunelu.

Andre leżał oszołomiony na kamiennej podłodze. Dzwoniło mu w uszach, dookoła panował gęsty mrok. Nagle tuż obok niego rozbłysło światło. To Suzy wyciągnęła z torby pochodnię i umocowała ją na ścianie. Podniósł się chwiejnie i zaczął iść przed siebie, ale dziewczynka chwyciła go za ramię i wskazała w dół. Andre spojrzał pod nogi. Stał na krawędzi przepaści. Dostrzegł słaby czerwony poblask płynącej jej dnem lawy.

Ściany i strop korytarza runęły. Nie był to wcale tunel wydrążony we wnętrzu góry, lecz kryty most zbudowany pośrodku ogromnej pieczary. Jedno jego przęsło, sąsiadujące z tym, na którym znajdowali się Suzy i Andre, zarwało się na skutek wybuchu. Przed nimi rozciągała się mroczna pustka. Wysoko nad sobą widzieli maleńki jasny punkcik – otwór w skalnym sklepieniu, przez który wpadało światło poranka.

Chłopiec ponownie skierował wzrok na ziejącą pod jego stopami rozpadlinę. Jeżeli Josh przeżył wybuch creepera, to spadł tam, na dno świata. Nie było żadnego sposobu, żeby zejść na dół i odszukać go. A jeśli wpadł do lawy... Ile czasu zdołałby w niej przetrwać? Normalny awatar umarłby bardzo szybko. Czy ich zwiększona wytrzymałość jest na tyle wysoka, by pozwolić Joshowi przeżyć to wszystko: eksplozję, upadek z dużej wysokości i kąpiel w lawie?

Andre odwrócił się do Suzy.

– Mówiłem ci, że powinniśmy potrenować latanie – powiedział łamiącym się głosem.

Dziewczynka wyjrzała poza krawędź mostu, oceniając odległość, jaka dzieliła ich od następnego przęsła i zejścia na dno jaskini.

– Nie damy rady. Musimy zawrócić – stwierdziła.

Andre chwycił ją za ramiona i ścisnął mocno.

– A co z Joshem?!

Skrzywiła się i odepchnęła go.

– Nie możemy mu pomóc. Zresztą, jeśli zginął, to wrócił do swojego ciała i Notch się nim zajmie.

– A jeśli przeżył? Jeśli jest tam na dole?

– To pomyślimy o tym, jak go uratować. Ale najpierw musimy załatwić creepery.

– Pewnie, to jest dla ciebie najważniejsze! Ty chcesz odgrywać bohaterkę i ratować tutejszych ludzi! Zapomniałaś już, po co tu jesteśmy? Musimy znaleźć Herobrine'a! Musimy być w komplecie, żeby uruchomić kostkę! A ta kostka spadła tam na dół razem z moim bratem! Miał ją w torbie!

– O niczym nie zapomniałam. Jeżeli masz jakiś pomysł, jak zejść na dno tej przepaści, to chętnie posłucham. Jeśli nie, to wracamy na zewnątrz i szukamy innej drogi do jaskiń.

Chłopiec opuścił głowę i przygryzł wargi. Suzy odczekała chwilę, po czym bez słowa minęła go i ruszyła w kierunku wyjścia. Andre spojrzał w dół, na ogromną otchłań, w której zniknął jego brat.

– Josh, jeśli nadal tam jesteś, trzymaj się! Wrócę po ciebie.

Powiedziawszy to, odwrócił się i poszedł za Suzy.

Rozdział 8.

Josh zakaszlał i otworzył oczy. Przez chwilę wpatrywał się w niski skalny sufit nad swoją głową. Potem spróbował usiąść. Nie mógł. Był przywiązany grubymi linami do łóżka. Szarpnął się, próbując zerwać więzy. Nic z tego. Zwiększona wytrzymałość najwyraźniej nie oznaczała zwiększonej siły.

Znieruchomiał, słysząc, że ktoś wchodzi do pomieszczenia. Odwrócił ostrożnie głowę. Zobaczył młodą kobietę niosącą w rękach miskę. Nieznajoma uśmiechnęła się do Josha, podeszła bliżej i usiadła na krześle obok łóżka. Sięgnęła do miski, wyjęła z niej ociekający wodą ręcznik i wyżęła go.

– Jak się czujesz? – zapytała.

– Gdzie... ja jestem?

Przetarła wilgotnym ręcznikiem jego czoło.

– W bezpiecznym miejscu. Sven powiedział, że miałeś szczęście, bo wylądowałeś w podziemnym jeziorze. Inaczej nie przeżyłbyś upadku.

Wskazał oczami więzy, które oplatały ciasno całe jego ciało.

— Dlaczego jestem związany?

— Och, złamałeś mnóstwo kości. Minie kilka miesięcy, zanim je wyleczymy. Przez ten czas nie możesz się ruszać, bo nie zrosną się prosto.

Ponownie zanurzyła ręcznik w wodzie.

— Kim pani jest?

Otworzyła usta, ale nie zdążyła odpowiedzieć, bo gdzieś za jej plecami odezwał się nieprzyjemny męski głos:

— Helina! Chodź tutaj!

Kobieta odstawiła miskę, wstała i odeszła bez słowa

Ze swojego kąta Josh nie mógł dostrzec wejścia do pomieszczenia, ale słyszał dochodzące stamtąd szepty. Potem do jego łóżka podszedł mężczyzna. Spojrzał ostro na chłopca i zapytał:

— Co robiliście w jaskiniach?

Josh chciał się podnieść, ale liny boleśnie wpiły się w jego skórę.

– Kim pan jest?

Nieznajomy odwrócił wzrok i przygryzł dolną wargę. Zastanawiał się nad czymś przez kilka chwil, po czym odpowiedział:

– Mam na imię Sven. A teraz mów: dlaczego poszliście do jaskiń?

Sven. Josh słyszał już to imię. Elbertina mówiła, że...

– Stary Sven to pan?

Mężczyzna zmrużył oczy.

– Nie, to mój ojciec. Ja jestem Młody Sven.

Rozdział 9.

Andre walnął pięścią w blat wielkiego biurka burmistrzyni Estermeadu.

– Jak możemy pomóc pani miastu, skoro pani nie chce pomóc nam?

Burmistrzyni Basja pochyliła się ku niemu i oparła ręce na biurku. Jej oczy płonęły gniewem, lecz odezwała się cicho i spokojnie:

– Jesteście osobami z zewnątrz, więc tym razem wam daruję. Jednak uprzedzam: jeszcze jeden taki wyskok, a nie tylko zaprowadzę was do Starego Svena, ale zamknę was razem z nim. I to do końca waszego życia.

Suzy szturchnęła Andrego w bok i uśmiechnęła się przepraszająco do nachmurzonej kobiety.

– Pani Basjo, proszę wybaczyć mojemu przyjacielowi. Jego brat zaginął w jaskiniach, a Elbertina powiedziała nam, że Sven zna ich układ lepiej niż ktokolwiek w mieście. Chcemy go tylko zapytać...

– Stary Sven ma zakaz przyjmowania odwiedzających – oznajmiła oschle burmistrzyni.

Dziewczynka złożyła ręce i spojrzała na nią błagalnie.

– A nie mogłaby pani zrobić dla nas wyjątku? Bardzo panią proszę!

– Przykro mi. Nie robimy żadnych wyjątków. Nigdy.

Andre powoli wypuścił powietrze z płuc i oznajmił spokojnym już tonem:

– Mamy wszytko, czego potrzeba do zniszczenia creeperów. Musimy tylko odnaleźć inną drogę do jaskiń. A Sven na pewno wie, którędy...

– Sven tego nie wie – przerwała mu Basja.

– Ale Elbertina powiedziała...

Burmistrzyni potrząsnęła głową

– Elbertina nagadała wam bzdur. Stary Sven nie wie niczego o jaskiniach, creeperach ani czymkolwiek innym. Zamknięto go w szpitalu jeszcze zanim ja się urodziłam. Nawet jeśli kiedyś coś wiedział, to i tak nie udzieli wam żadnych przydatnych informacji. Od dawna nie rozmawiał z ludźmi i nie sądzę, żebyście zdołali się z nim porozumieć.

Suzy w zamyśleniu drapała się za uchem.

– A może jego rodzina coś wie?

Basja wzruszyła ramionami.

– Żona Svena nie żyje. Miał syna, ale on wyjechał z miasta, ledwo skończył piętnaście lat. Mówił, że chce zacząć nowe życie gdzie indziej. To tyle. A teraz zechciejcie mi wybaczyć…

Suzy chwyciła Andrego za rękę i pociągnęła go w kierunku wyjścia.

– Dziękujemy za pomoc, pani burmistrzyni – rzuciła przez ramię.

Kiedy wyszli z ratusza, chłopiec ze złością uwolnił się z uchwytu koleżanki.

– „Dziękujemy za pomoc"? – parsknął. – Przecież ona nam nie pomogła!

Suzy uśmiechnęła się chytrze.

– Po prostu byłam grzeczna. A teraz uważaj. Pamiętasz, jak Elbertina oprowadzała nas po mieście?

Przytaknął, zaskoczony.

– Pokazała nam zabity deskami dom, prawda? – ciągnęła dziewczynka. – I powiedziała, że tam kiedyś mieszkał Stary Sven.

– Powiedziała, no i co z tego?

– Zauważyłam, że niektóre z tych desek wyglądają na nowe. Ktoś przybił je tam całkiem niedawno.

– Więc?

– Więc... ktoś przychodzi do tego domu.

– I?

– I czegoś w nim szuka.

– A czego może szukać w opuszczonym domu?

– Myślę, że może chodzić o coś, co jest tam schowane. I ta osoba wie, że to tam jest, ale jej trudno się do tego dostać.

– No, a ta osoba to...?

Suzy spojrzała na chłopca z wyższością.

– Stary Sven siedzi zamknięty w szpitalu, zgadza się? W takim razie to może być tylko jego syn.

Rozdział 10.

Kiedy słońce zaszło, Suzy i Andre podkradli się do opuszczonego domu, ukryli w zaroślach i czekali. Wkrótce usłyszeli dochodzący z oddali huk wybuchów. Creepery rozpoczęły nocny atak na miasto.

Wszyscy zdolni do walki mieszkańcy Estermeadu pospieszyli na mur wewnętrzny. Uzbrojeni w łuki i strzały, szykowali się do odparcia creeperów, gdyby potwory ponownie zburzyły załataną naprędce wyrwę w zewnętrznym kręgu. Dzieci i starcy schronili się w ratuszu. Okolice domu Starego Svena opustoszały.

Andre ostrożnie rozchylił gałęzie krzewu, za którym się schował, i wysunął głowę na zewnątrz. Rozejrzał się i cofnął.

– Nikogo nie widać. Ciekawe, czy ta tajemnicza osoba planuje na dzisiaj włamanie? – mruknął do siedzącej obok niego Suzy.

Dziewczynka podciągnęła kolana pod brodę i opasała je ramionami.

– Ta osoba nie jest tajemnicza. To Młody Sven – odparła z przekonaniem.

– Burmistrzyni powiedziała, że on odszedł stąd dawno temu i nikt o nim więcej nie słyszał.

– No dobrze. Załóżmy, że to nie on. Tak czy inaczej, gdyby włamywacz nie zamierzał tutaj wrócić, to czy naprawiałby te osłony z desek? Nie! Zabrałby to, po co przyszedł, i nie zawracałby sobie głowy deskami. Mówię ci: ktokolwiek to jest, nie chce, żeby ludzie zauważyli, że był w środku. Bo on tu wraca. I szuka!

– I myślisz, że przyjdzie tutaj dziś w nocy?

– Myślę, że przez ostatni miesiąc przychodził tutaj każdej nocy.

– O! A jak na to wpadłaś, pani detektyw?

– Creepery.

– Co: creepery?

– Od miesiąca atakują zewnętrzny mur tylko w jednym miejscu. I tak się składa, że znajduje się ono po przeciwnej stronie miasta. Tak daleko od tego domu, jak to tylko możliwe.

Bardzo sprytny plan. W ten sposób nikt nie zobaczy, jak włamywacz wchodzi do środka i jak stamtąd wychodzi.

– Daj spokój! To miałoby sens tylko wtedy, gdyby on...

Andre urwał i z osłupieniem popatrzył na Suzy. Skinęła głową i dokończyła spokojnie:

– ...kontrolował creepery.

Chłopiec zamachał rękami.

– To niemożliwe! Creepery są potworami. Nie zwierzętami.

– Niemożliwe? A skąd wiesz, co Herobrine namieszał tu przez ostatnie pięćdziesiąt lat?

– Myślisz, że on za tym stoi?

– Nie wiem, ale...

Umilkła nagle, gestem nakazując mu ciszę, po czym wskazała w kierunku domu. Andre zerknął przez gałęzie i dostrzegł ciemną sylwetkę człowieka ubranego w pelerynę z kapturem. Tajemniczy osobnik przebiegł szybko między pobliskim budynkiem a rogiem domu Starego Svena, po czym rozejrzał się i skinął ponaglająco ręką. Kolejna zakapturzona postać, nieco niższa, wysunęła się z mroku i dołączyła do poprzedniej.

Wyższy z włamywaczy chwycił krawędź jednej z desek, którymi zabite były drzwi wejściowe, i pociągnął mocno. Deski odchyliły się, jakby były umocowane na zawiasach. Postacie w pelerynach wślizgnęły się do wnętrza domu. Osłona z desek zamknęła się za nimi i ponownie przylgnęła do futryny, wyglądając na solidnie przybitą do niej gwoździami.

– A to spryciarze – szepnęła Suzy, wstając.

Andre chwycił ją za ramię.

– Co robisz?

– Idę do środka. Chcę zobaczyć, co oni tam kombinują.

– A jak postawili kogoś na straży?

Dziewczynka rozejrzała się i potrząsnęła głową.

– Nie sądzę.

– Ale ich jest dwóch!

– Nas też jest dwoje. I jesteśmy silniejsi.

Wyrwała się z uścisku Andrego i podbiegła do zamaskowanych drzwi.

– Dlaczego musiałem utknąć w świecie Minecrafta z taką wariatką? – jęknął chłopiec i ruszył pędem, żeby ją dogonić.

Rozdział 11.

Josh zaczerpnął głęboko tchu, policzył do dziesięciu, a następnie gwałtownie wypuścił powietrze z płuc. Krępujące go liny poluzowały się nieco i zdołał wyszarpnąć spod nich prawą rękę. Dokonawszy tego, bez większego trudu oswobodził się z więzów. Wstał, zrobił kilka kroków.

W ciągu tych paru godzin, które spędził przywiązany do łóżka, jego ciało wyleczyło się całkowicie ze złamań i skaleczeń. Czuł się nawet silniejszy niż poprzednio. Rozglądał się wokół i zastanawiał, gdzie właściwie się znajduje. W jaskini? Tak – widział teraz, że to pomieszczenie jest jaskinią. Ale czy jedną z tych, do których prowadziły tunele creeperów?

Nagle dostrzegł stalowe drzwi osadzone w skalnej ścianie. W górnej ich części wycięty był otwór, zabezpieczony grubą kratą. Josh podszedł bliżej i odskoczył gwałtownie do tyłu, kiedy w zakratowanym okienku pojawiła się brodata twarz.

– Wypuść mnie stąd – poprosił nieznajomy.

– A kim pan jest?

Mężczyzna wysunął brudną rękę przez kraty i wskazał przeciwległą ścianę.

– Klucze są tam.

Josh obejrzał się i dostrzegł kółko z kluczami zwisające z haka, ale nie ruszył się z miejsca. Założył ręce na piersi i popatrzył groźnie na brodacza.

– Pytałem, kim pan jest?

– Na imię mi Mason. Musimy się pospieszyć, jeśli chcemy się stąd wydostać, zanim oni wrócą.

– Mason? Brat Elbertiny? Twoja siostra myśli, że nie żyjesz.

– Tak ci powiedziała?

– Nie. Nie powiedziała tego, ale wydawało mi się, że tak uważa.

– No cóż. Żyję, jak widzisz. Wyciągniesz mnie stąd?

Chłopiec podbiegł do haka, złapał klucze i otworzył drzwi. Mason wyskoczył z celi, chwycił kilka pochodni leżących na stole i ruszył pędem do wyjścia.

– A teraz szybko na zewnątrz!

Josh zatrzymał się w drzwiach.

– Ja nie mogę. Muszę zniszczyć spawner.

– Co musisz zniszczyć?

– Przedmiot, który generuje creepery.

Mężczyzna potrząsnął głową.

– Szkoda czasu. Sven je szkoli! Uczy je i dzięki temu stają się sprytniejsze. Musimy go powstrzymać. Kiedy to zrobimy, zajmiemy się creeperami.

– Łatwiej go schwytamy, jeśli nie będzie miał creeperów do pomocy. Może wiesz, gdzie znajdę spawner?

– Masz na myśli gniazdo creeperów?

– Tak.

– Wiem.

– Zabierzesz mnie tam?

– Mogę ci pokazać, gdzie ono jest, ale z jego zniszczeniem musisz poradzić sobie sam.

— Nie pomożesz mi? Dlaczego?

— Bo już wiem, że to nic nie da! Są inne gniazda. Jedynym sposobem unieszkodliwienia wszystkich creeperów jest schwytanie Młodego Svena.

Rozdział 12.

Suzy odchyliła osłonę z desek i wsunęła się cicho do wnętrza domu. Idący tuż za nią Andre syknął jej do ucha:

– Nie podoba mi się to, Suzy. To jest włamanie.

Uśmiechnęła się do niego i odszepnęła:

– Dom nie był zamknięty na klucz, więc to nie jest włamanie. Poza tym to Minecraft, a nie prawdziwy świat.

Wydął wargi.

– Tak, ale nikt tutaj o tym nie wie.

Machnęła ręką, zniecierpliwiona.

– Idziesz czy nie?

Westchnął i przekroczył próg.

Osłona z desek zamknęła się za nim z głuchym stuknięciem. Oboje skulili się i znieruchomieli.

– Myślisz, że usłyszeli? – wyszeptał Andre.

– Mam nadzieję, że nie. Ale uważaj, co robisz. Mogłeś ją przytrzymać – mruknęła Suzy.

Stali przez chwilę, nasłuchując. Nic się nie działo. Przekradli się zatem wzdłuż ciemnego korytarza, po którego obu stronach znajdowały się pokoje. Suzy usłyszała jakieś chrobotanie w głębi domu. Przystanęła i uniosła rękę. Andre właśnie spoglądał za siebie, więc nie zauważył, że się zatrzymała, i wpadł jej na plecy. Dziewczynka potknęła się i poleciała w przód. Uderzyła kolanami o coś twardego i ostrego, wydając mimowolny okrzyk bólu.

Szybko zatkała sobie ręką usta i zaczęła nasłuchiwać.

Chrobot w głębi domu ucichł.

W ciemności przed nimi zatrzeszczały schody.

Suzy odwróciła się i wycofała pospiesznie, popychając przed sobą Andrego.

– Co się...

Zacisnęła mu dłoń na ustach i wepchnęła go do pierwszego pokoju po lewej. Dostrzegła w głębi wielką szafę. Pokazała ją chłopcu, a on przytaknął. Na palcach przebiegli przez pokój, by schronić się w jej wnętrzu. Gdy zamykali podwójne drzwi, ujrzeli słaby poblask lampy trzymanej przez kogoś, kto zatrzymał się na korytarzu.

Przykucnęli na dnie szafy. Przez gęstą drabinkę drewnianych listew w drzwiach docierało do nich coraz jaśniejsze światło. Suzy ostrożnie pochyliła się do przodu i spojrzała przez jedną ze szpar. W progu pokoju stanął wysoki mężczyzna w pelerynie.

– No i co? – burknął.

Druga postać wychyliła się zza jego pleców. Uniosła wysoko lampę i omiotła wzrokiem pomieszczenie.

– Wydawało mi się, że ktoś krzyknął – odezwał się kobiecy głos.

Suzy odsunęła twarz od drzwi szafy. Nie chciała, by światło odbiło się od jej oczu, co mogłoby zwrócić uwagę dwojga włamywaczy.

Kobieta opuściła lampę.

– Musiałam się przesłyszeć.

Mężczyzna wzruszył ramionami i cofnął się na korytarz.

– Chodź. Szkoda czasu. Zostało nam już tylko kilka metrów.

Suzy odważyła się odetchnąć głębiej dopiero wtedy, gdy pokój pogrążył się w całkowitej ciemności.

– O mały włos – wymamrotała.

– O pół włosa – poprawił ją szeptem Andre. – Spadajmy stąd.

– Nie. Chcę zobaczyć, co oni tam robią.

– Tobie już całkiem odbiło! Przed chwilą o mało nas nie złapali!

Suzy wyszła z szafy.

– Mówił, że zostało im tylko kilka metrów. Co miał na myśli?

– Nie wiem i nie obchodzi mnie to! – prychnął Andre, zamykając ostrożnie drzwi szafy. – Jestem za tym, żebyśmy się stąd zmyli.

– To się zmywaj. Ja idę za nimi.

Chłopiec przewrócił oczami i podążył za Suzy.

Zatrzymali się przy drzwiach do piwnicy. Dziewczynka przytknęła do nich ucho.

– To brzmi tak, jakby kopali.

Andre wzruszył ramionami.

– Jesteśmy w Minecrafcie. Kopanie to tu podstawa.

Suzy powoli uchyliła drzwi. Zawiasy zaskrzypiały. Odgłosy kopania poniżej ustały. Odczekała kilka minut, zanim ponownie nie usłyszała podzwaniania kilofa i grzechotu sypiących się skalnych odłamków. Pchnęła lekko drzwi i prześlizgnęła się przez powstałą szparę. W dół piwnicy prowadziły drewniane schody. Ostrożnie postawiła na pierwszym stopniu jedną nogę, potem drugą. Przygotowała się do wykonania następnego kroku, gdy deska pod jej stopami zatrzeszczała przeraźliwie. Suzy i przytrzymujący drzwi Andre skamienieli z przerażenia. Z dołu dobiegło ich wypowiedziane przez mężczyznę przekleństwo, a potem tupot pospiesznych kroków. Niezdolni do wykonania jakiegokolwiek ruchu, dziewczynka i chłopiec obserwowali zbliżające się do nich światło lampy.

Rozdział 13.

Josh i Mason wyjrzeli zza rogu i szybko cofnęli głowy. Dwa creepery pilnujące żelaznych wrót na szczęście ich nie zauważyły.

Brodaty mężczyzna cicho zsunął z ramienia łuk.

– Gniazdo creeperów jest za tamtymi drzwiami – mruknął.

– Skąd wiesz? – odszepnął chłopiec.

– Sven mi je pokazał. Chciał udowodnić, że ma władzę nad tymi stworami i że nikt nie może go powstrzymać.

– Dlaczego on to robi?

– Myślę, że chodzi mu o zemstę na mieszkańcach Estermeadu. Obwinia nas o to, że jego ojciec oszalał.

– A nie próbował porozmawiać o swoim tacie z kimś z ratusza?

– Nie sądzę. Ludzie w mieście by o tym mówili. A ja nie wiedziałem nawet, że on żyje, dopóki mnie nie schwytał.

– I przyprowadził cię tutaj, żeby pokazać ci spawner?

– Och, Sven jest bardzo dumny z tego, co robi i że creepery go słuchają.

– Hm. No tak. A jak dostaniemy się do środka?

– W ten sposób.

Mason nałożył strzałę na cięciwę i naciągnął łuk. Potem wyskoczył zza rogu i wystrzelił.

Strzała świsnęła w powietrzu i trafiła pierwszego creepera. W tym samym momencie mężczyzna wypuścił drugą.

Oba potwory padły martwe.

Mason zarzucił łuk na ramię, zamaszystym krokiem podszedł do drzwi i otworzył je na oścież. Potem odwrócił się i ruchem ręki przywołał Josha.

– Chciałeś znaleźć gniazdo creeperów. Droga wolna. Ja wracam do miasta.

Chłopiec chwycił brodacza za rękę.

– Zaczekaj! Zostań tu i pomóż mi zniszczyć spawner, a ja pomogę ci dopaść Svena.

Mason pokręcił głową.

– Sven wyszedł. To znaczy, że jest noc i creepery właśnie atakują Estermead. Mogę wrócić tu rano z całą armią ludzi i wysadzić ten labirynt w powietrze, jeśli zajdzie taka potrzeba, ale teraz muszę iść bronić mojego miasta i mojej siostry.

Ruszył biegiem przed siebie i wkrótce zniknął za zakrętem tunelu.

Josh odwrócił się i przeszedł przez żelazne drzwi.

Po kilku krokach usłyszał ciche kliknięcie i spojrzał pod nogi. Uruchomił przełącznik w podłodze. Jasne światła zapalały się jedno po drugim wzdłuż sufitu ogromnej pieczary. Chłopiec dotarł do miejsca, w którym skalna ściana opadała stromo w dół. Wyjrzał zza jej krawędzi i zobaczył creepery.

Setki zielonych potworów stały w równych szeregach na znajdującym się kilka metrów pod nim dnie pieczary. Wyglądały tak, jakby szykowały się do defilady.

Albo do inwazji.

Kiedy tylko ostatnia lampa zapłonęła na suficie, creepery jednocześnie uniosły swe kanciaste twarze i spojrzały w górę, na Josha.

Rozdział 14.

Mężczyzna i kobieta dotarli już do podnóża schodów, gdy Suzy otrząsnęła się z osłupienia. Gwałtownie cofnęła się w stronę drzwi, wpadając na stojącego w progu Andrego. Oboje stracili równowagę i runęli na podłogę. Mężczyzna dopadł ich w kilku susach, pochwycił twardymi jak żelazo rękami i brutalnie postawił na nogi.

— No, no, co my tu mamy? — odezwał się drwiąco.

Andre nawet nie próbował się bronić. Suzy wyrywała się i kopała, krzycząc:

— Puszczaj! Puszczaj, Sven!

Mężczyzna zepchnął ją w dół schodów. Wylądowała u stóp kobiety, która chwyciła ją i przytrzymała.

Sven pochylił się nad chłopcem i spojrzał mu prosto w twarz.

— Jak tu weszliście, hę?

Suzy szamotała się w mocnym uścisku kobiety.

– Wiemy, że kontrolujecie creepery! – krzyknęła.

Mężczyzna odwrócił się i powoli zaczął schodzić po schodach, ciągnąc za sobą Andrego.

– A skąd to niby wiecie?

– Kiedy Elbertina pokazała nam ten dom, od razu zauważyłam, że deski zasłaniające drzwi są nowsze niż te na oknach. A pani Basja powiedziała nam, że odszedłeś z Estermeadu jako młody chłopak. Domyśliłam się, że zakradasz się nocami do domu swojego ojca, wykorzystując ataki creeperów, które odciągają ludzi z miasta od tego miejsca. I domyśliłam się, że czegoś szukasz. Tylko jeszcze nie wiem, czego.

Sven pokiwał głową z drwiącym uznaniem.

– Proszę, proszę. A chcesz wiedzieć, czego szukam?

Dziewczynka patrzyła na niego hardo.

– Chcę.

Mężczyzna uśmiechnął się.

– No to ci powiem. Albo lepiej: pokażę ci.

Pchnął Andrego w stronę kobiety.

— Helina, weź chłopaka! A ja już sobie poradzę z tą zadziorną smarkulą.

Para w pelerynach pochwyciła swoich jeńców i powlokła ich w głąb piwnicy.

Rozdział 15.

Josh gapił się na creepery. Creepery gapiły się na Josha. Wyglądało na to, że czekają, aż on coś zrobi.

Co niby miałby zrobić i jak one by na to zareagowały? Postanowił się tego nie dowiadywać.

Nagle dostrzegł zarys niewielkiej klatki z wirującą postacią creepera wewnątrz.

Spawner!

Tyle tylko, że urządzenie znajdowało się w samym środku armii potworów.

Josh doświadczył już bezpośredniego kontaktu z jednym wybuchającym creeperem. Przeżył, ale przecież nie był nieśmiertelny. Eksplozja tysiąca zielonych stworów zabije go na pewno.

Przyjrzał się ich szeregom i nagle tknęła go myśl, że wszystkie stoją nieruchomo, chociaż wiedzą, gdzie on jest. Może zostały zamrożone? Czy poszłyby za nim, gdyby zszedł tam na dół i zbliżył się do spawnera?

Przespacerował się wolno wzdłuż krawędzi urwiska. Żaden z creeperów nie ruszył się z miejsca, ale wszystkie wodziły za nim oczami. Doprowadzało go to do szału. Na co one czekają?

Dotarł do drabiny, która sięgała od szczytu urwiska do poziomu podłogi pieczary, a tysiąc potworów obserwowało go cierpliwie.

Josh pomyślał, że trzeba było jednak posłuchać nalegań Andrego i sprawdzić, jak się lata.

Odetchnął głęboko raz, drugi, trzeci, odwrócił się i zaczął schodzić. Opuszczał się po drabinie coraz niżej, a creepery nadal patrzyły.

Zatrzymał się na szczeblu zawieszonym dwa metry nad ziemią i spojrzał przez ramię na potwory. Nie odrywały od niego oczu. Poczuł się tak nieswojo, jak jeszcze nigdy w życiu. Po raz pierwszy znajdował się tak blisko tak wielkiej liczby creeperów, a żaden z nich nie poruszył się, nie zasyczał, nie zamigotał. Mogły bez trudu dopaść Josha, nie zdołałby uciec z zasięgu ich eksplozji. Ale one tylko patrzyły.

Chłopiec postawił jedną nogę na podłodze. Creepery nawet nie drgnęły. Postawił drugą nogę – i nadal nic. Odwrócił się twarzą do nich, zrobił kilka kroków w ich stronę. Stały spokojnie, wlepiając w niego wzrok. Przeszedł się wzdłuż pierwszego szeregu tam i z powrotem. Obracały za nim głowy, ale nie ruszyły się z miejsc.

No dobrze. Josh podszedł do jednego z potworów i dotknął go. Creeper zamruczał jak kot. Chłopiec odskoczył do tyłu, otwierając usta ze zdumienia.

Co tu się działo?

Ochłonął i powtórzył próbę. Pogłaskał stwora. Ten zamruczał głośniej i otarł się o jego rękę. Pogłaskał kolejnego. Mruczenie. Josh wszedł między szeregi creeperów i maszerował prosto do spawnera, a żaden z mobów ani na niego nie zasyczał, ani nie zaczął migotać. Może to był jakiś specjalny rozdzaj creeperów, zaprojektowany nie do prowadzenia walki ani do wybuchania, tylko do – no właśnie: do czego?

Josh odsunął od siebie te myśli i skupił się na ważniejszych sprawach. Musiał zniszczyć spawner, jeśli chciał powstrzymać Młodego Svena przed stworzeniem większej liczby potworów wysyłanych do atakowania miasta.

Stanął przed klatką i cichutko wyciągnął miecz. Uniósł go ponad głowę, zamierzając się do ciosu.

Stojący najbliżej chłopca creeper zasyczał. Josh spojrzał na niego i dostrzegł, że oczy potwora stopniowo nabierają ognistoczerwonej barwy i zaczynają świecić.

Syk wzmagał się i ogarniał całą pieczarę. Wokół Josha zapalało się coraz więcej ognistych oczu. Creepery w jakiś sposób zrozumiały, co on chce zrobić

I nie były tym zachwycone.

Rozdział 16.

Dłonie Andrego były już całe pokryte pęcherzami. Ponownie zamachnął się kilofem i wbił jego ostrze w skalną ścianę, odłupując od niej kawałek kamienia, który spadł na niewielki stos podobnych odłamków znajdujący się u stóp chłopca.

– Pomóżmy tym ludziom, mówiła. Zostańmy bohaterami, mówiła – zanucił Andre pod adresem Suzy pracującej z nim ramię w ramię.

Spojrzała na niego z oburzeniem.

– Nieprawda! Nie mówiłam nic o zostawaniu bohaterami.

Andre podniósł kilof, by wykonać kolejne uderzenie.

– I popatrz tylko, co teraz robimy – westchnął z goryczą. – Pomagamy złym ludziom. Nie jesteśmy bohaterami. Jesteśmy niewolnikami!

Sven rozpierał się na krześle u wylotu pogłębianego przez nich tunelu. Z zadowoloną miną jadł kruchą babeczkę z bakaliami. Przełknął kęs ciastka i zawołał do nich:

– Ej! Mniej gadania, więcej kopania!

– Mniej szamania, bo zrobi się z ciebie bania – mruknął pod nosem Andre.

Mężczyzna pochylił się w jego stronę i przekrzywił głowę.

– Co tam mamroczesz?

Chłopiec ze złością wzruszył ramionami.

– Nic.

Walnął kilofem w skałę. I znowu. I znowu. Nagle zatrzymał się i odwrócił do Svena.

– A tak właściwie, to czego szukamy?

Mężczyzna machnął ręką, jakby odganiał muchę.

– Kop no dalej, mały.

Andre rzucił kilof na ziemię i założył ręce. Suzy przerwała pracę i spojrzała na niego z zainteresowaniem.

– Nie – oświadczył powoli i dobitnie. Nie będę kopał, dopóki mi nie powiesz, dlaczego mam to robić.

Sven poderwał się z krzesła, chwycił chłopca wpół, uniósł w górę i przyparł do kamiennej ściany.

– Nie drażnij się ze mną, smarku!

Andre zwisł bezwładnie w uścisku mężczyzny, starając się być jak najcięższy.

– Ja się wcale nie drażnię – oznajmił spokojnie. – Ja chcę tylko wiedzieć, dlaczego to robimy.

Sven przybliżył groźnie twarz do jego twarzy. Chłopiec patrzył mu nieulękle w oczy. Po chwili mężczyzna puścił go, odwrócił się i odszedł w kierunku swojego krzesła. Andre pewnie wylądował na obu nogach i ponownie założył ręce. Suzy uważnie obserwowała całą scenę, ściskając w garści stylisko kilofa.

Sven usiadł z rozmachem, zrobił lekceważącą minę i zaczął się kiwać na krześle.

– Proszę bardzo, mogę ci powiedzieć – burknął. – Robimy podkop pod więzienie, w którym ludzie z Estermeadu trzymają mojego tatka. Zamknęli go tam, jak byłem mały.

Suzy oparła się na kilofie.

– Powiedzieli nam, że twój ojciec oszalał i jest teraz w szpitalu psychiatrycznym.

Mężczyzna pochylił się gwałtownie do przodu z twarzą wykrzywioną wściekłością.

– On nie oszalał! Zrobił tylko to, o co poprosił go burmistrz! I za to uwięzili go w wariatkowie! Żeby tam siedział do końca życia!

Andre zmarszczył brwi.

– Nie rozumiem. Skoro twój tata zrobił to, o co poprosił go burmistrz, to dlaczego burmistrz pozwolił go zamknąć w szpitalu?

– Bo się bał, że tatko opowie wszystkim o Projekcie Creeper.

Suzy z kilofem w ręku zrobiła kilka kroków w kierunku Svena.

– Twój ojciec miał coś wspólnego z creeperami?

– Coś wspólnego? Ha! On je stworzył!

Andre kręcił z niedowierzaniem głową, jednocześnie obserwując Suzy i nieznacznie zbliżając się do niej.

– Nie. No nie. Niemożliwe. Chcesz nam wmówić, że twój tata stworzył creepery? A dlaczego miałby to zrobić?

– Mój tatko był młodym naukowcem, kiedy ktoś zaatakował Estermead. Ktoś bardzo potężny, kogo imienia nie wolno wymawiać...

Andre i Suzy zerknęli na siebie porozumiewawczo. Wiedzieli, kogo Sven miał na myśli.

– Ten ktoś o mało co nas nie zniszczył – ciągnął mężczyzna. – Burmistrz zlecił więc mojemu tatce, żeby stworzył potwory, które będą bronić naszego miasta. Ale kiedy podczas pierwszych testów spłonęły farmy, ludzie pomyśleli, że creepery wysłał Tamten. Burmistrz wystraszył się i zrezygnował z projektu. Chciał utrzymać całą sprawę w tajemnicy, więc zamknął mojego tatka w psychiatryku i zniszczył wszystkie dowody, które wskazywały na jego związek z pojawieniem się potworów.

Dziewczynka pokiwała głową.

– A ty kazałeś creeperom atakować miasto, żeby móc swobodnie tu przychodzić i kopać tunel, przez który twój ojciec ucieknie ze szpitala. Wiedziałam!

Sven uśmiechnął się z dumą.

– Właśnie. Genialny plan, co nie?

Suzy zrobiła kolejny krok w jego stronę.

– Nie do końca. Nie wziąłeś pod uwagę jednej rzeczy.

Wydął wargi.

– Naprawdę? A jakiej?

– Nas.

Zamachnęła się kilofem, celując w głowę Svena. Uchylił się, ale Andre skoczył na niego, przewrócił razem z krzesłem i przygniótł do ziemi. Suzy rzuciła kilof i ruszyła chłopcu z pomocą. We dwójkę starali się obezwładnić silniejszego od nich mężczynę, który wyrywał im się, klnąc głośno. Wtem fragment sufitu przy końcu tunelu zawalił się z hukiem, a trójka walczących znieruchomiała i spojrzała w tamtą stronę.

Z powstałego otworu wyłoniła się najpierw głowa o rozczochranych siwych włosach i długiej brodzie. Rozejrzała się i cofnęła. Potem zobaczyli nogi, tułów, a wreszcie całą sylwetkę starca, który zsunął się na podłogę tunelu. Siwowłosy zbliżył się do nadal leżących na ziemi i gapiących się na niego Suzy, Andrego i Svena, zmarszczył brwi i przyjrzał im się uważnie. Po chwili jego twarz rozjaśniła się.

– Svenuś?

Rozdział 17.

Josh powoli opuścił miecz i wsunął go za pas. Creepery natychmiast przestały syczeć, ogień w ich oczach zgasł. Po chwili w pieczarze ponownie rozległo się zbiorowe, przyjazne mruczenie.

A zatem te stwory nie były bezmyślnymi chodzącymi blokami dynamitu. Rozumiały, czym jest spawner. Nie zamierzały pozwolić, żeby Josh go zniszczył. Zachowały się jak rodzice chroniący swoje młode.

Chłopiec zastanawiał się właśnie, co ma teraz zrobić, gdy jeden z creeperów nagle wyszedł z szeregu i podszedł do niego. Spojrzał na Josha, minął go, zrobił kilka kroków do przodu, zatrzymał się, obejrzał i zawrócił. Popatrzył na Josha, znowu ruszył do przodu, przystanął i ponownie się na niego obejrzał.

– Chcesz, żebym za tobą poszedł? – odgadł chłopiec i po sekundzie wahania podążył za stworem.

Szeregi mruczących zielonych mobów rozstępowały się przed Joshem i jego przewodnikiem. Creeper doprowadził chłopca do stojącego w skalnej niszy cokołu. Popatrzył na jego wierzchołek, a następnie wyczekująco na Josha.

Na cokole leżał hełm. Josh wkazał go.

– Mam to założyć, tak?

Stwór cofnął się o krok.

Josh sięgnął po hełm i nasadził go sobie na głowę.

Usłyszał syk creepera. We wmontowanych w hełm słuchawkach rozległo się kilka trzasków, a potem słowa – wypowiedziane w taki sposób, jakby wąż przemówił ludzkim głosem:

– Prowadź nassss.

Rozdział 18.

Andre i Suzy siedzieli związani na podłodze piwnicy. Obok nich starzec i jego syn obejmowali się, ściskali i poklepywali po plecach. Rozpromieniony Młody Sven powtarzał co chwila:

— Tak się cieszę, że cię znowu widzę, tatku!

Stary Sven odsunął się od syna i spojrzał na niego z uśmiechem.

— Znalazłeś mój notes? Czy creepery są gotowe?

— Tak, tatku. Zrobiłem wszystko dokładnie według twoich instrukcji.

— Grzeczny chłopak. Wiedziałem, że mogę na ciebie liczyć.

Andre szarpnął się w swoich więzach, ale nie zdołał ich zerwać. Pomyślał z goryczą, że kiepski z niego superman, skoro nie potrafi dać sobie rady ze zwykłą plecioną liną.

Młody Sven wskazał na chłopca i Suzy.

— Co z nimi zrobimy?

Jego ojciec wzruszył ramionami.

– Nic. Zostaną ukarani razem z mieszkańcami Estermeadu, kiedy wrócimy tu z creeperami.

Od strony schodów rozległ się dźwięczny męski głos:

– Nie tak szybko, Svenowie!

Obaj odwrócili się błyskawicznie i ujrzeli brodatego młodzieńca z mieczem w dłoni, popychającego przed sobą Helinę.

– Wiedziałem, że was tutaj znajdę.

Ojciec i syn sięgnęli po broń.

– Nie dasz nam rady w pojedynkę, Mason! – syknął Młody Sven.

Brat Elbertiny uśmiechnął się szeroko.

– A kto powiedział, że przyszedłem tu sam?

Ze schodów zbiegło kilku gwardzistów miejskich. Trzymali w rękach napięte łuki, które wycelowali w obu Svenów.

Mason pokiwał głową.

– Przegraliście.

Stary Sven nadął się i krzyknął:

– To jeszcze nie koniec! Moja armia creeperów jest w drodze! Przybędą tu i wtedy zoba-
czycie!

Mason parsknął śmiechem.

– Właściwie to już zobaczyliśmy.

Rozdział 19.

Josh w hełmie na głowie jechał na grzbiecie jednego z creeperów. Tysiące innych pędziło za nim, wzniecając tumany kurzu. Dotarłszy do Estermeadu, chłopiec rozkazał swej armii za-atakować potwory, które robiły wyłom w mu-rach miasta.

Przez kilka minut panował ogłuszający huk licznych eksplozji, a potem zapadła cisza.

Na placu boju pozostały tylko creepery do-wodzone przez Josha. Posłuszne jego rozka-zom, ustawiły się w szeregi i zawróciły w kie-runku jaskiń.

Stojący na murach ludzie zaczęli wiwatować. Wspaniała nowina szybko obiegła całe miasto. Wszędzie słychać było radosne okrzyki.

Przybysze, którzy obiecali, że ocalą Ester-mead od creeperów, dotrzymali słowa.

Rozdział 20.

Burmistrzyni zaprosiła trójkę bohaterów do ratusza i tam w imieniu wszystkich mieszkańców
miasta uroczyście podziękowała za ocalenie.
Kiedy Suzy i Andre opowiedzieli jej historię,
którą usłyszeli od Młodego Svena, Basja spo-
chmurniała.

— No cóż, to prawda, że mój ojciec, kiedy
był burmistrzem, zlecił Staremu Svenowi stwo-
rzenie armii creeperów. Sven wywiązał się z umo-
wy, ale potem postanowił wykorzystać potwory do własnych celów. Zażądał od mojego ojca,
żeby oddał mu władzę nad miastem. Groził, że
w przeciwnym wypadku zniszczy Estermead.
Ojciec oczywiście się na to nie zgodził. W naszym mieście burmistrz wybierany jest w głoso-
waniu, nie przejmuje rządów siłą. Wtedy Sven
spróbował opanować ratusz, biorąc zakładni-
ków. Został jednak pojmany przez gwardię
miejską i aresztowany. Sąd uznał go za szaleńca
i polecił umieścić w szpitalu.

– A dlaczego pani ojciec nie powiedział ludziom o Projekcie Creeper? – zapytała Suzy.

– To były niespokojne czasy. Mój ojciec obawiał się, że ktoś może spróbować przejąć kontrolę nad armią creeperów, tak jak Stary Sven. Zamknął je więc w jaskiniach i zapieczętował wejście, żeby nikt nie mógł się do nich dostać.

Andre pokiwał głową.

– Ale Młody Sven się o nich dowiedział i stało się właśnie to, do czego pani tata nie chciał dopuścić.

Burmistrzyni westchnęła.

– Gdyby nie wasza trójka, to nie wiem, co by się stało z naszym miastem.

Josh uśmiechnął się szeroko.

– Całe szczęście, że tutaj trafiliśmy.

Basja roześmiała się i rozłożyła ręce.

– Nie dacie się przekonać, żeby zostać u nas jeszcze kilka dni? Mieszkańcy przygotowują ucztę na waszą cześć. Będzie festyn, pokaz fajerwerków, mnóstwo różnych atrakcji. Zostańcie!

– Bardzo byśmy chcieli, ale musimy jak najszybciej odszukać tego, którego imienia nie wymawiacie – powiedziała Suzy.

Burmistrzyni spoważniała.

– On jest bardzo niebezpieczny. Dlaczego chcecie go odnaleźć?

– Zamierzamy zabrać go do naszego świata, zanim zniszczy wasz – wyjaśnił Andre.

Basja zastanowiła się, po czym skinęła głową.

– No dobrze. To dokąd teraz się udacie?

Josh rozłożył swoją mapę.

– Hm... Zgodnie z naszym planem kolejny przystanek wypada w Silverrock.

Burmistrzyni spojrzała na nich z zatroskaną miną, zmarszczyła brwi i powiedziała:

– Bądźcie ostrożni. To miasto znajduje się w samym środku terytorium smoka.

Przygoda trwa!

Epizod czwarty, *Kraina smoków*

Jak myślisz, co wydarzy się w następnych od-
cinkach? Porozmawiaj o tym z przyjaciółmi,
ale uważaj – nikt nie jest bezpieczny.

Z góry dobiegł ją głośny łopot skrzydeł. Zaintrygowana, uniosła głowę i zaczęła wypatrywać ptaka. Musiał być duży, większy od jastrzębi, które łowiły myszy na polach. Może to któryś z górskich orłów zapuścił się w te strony w poszukiwaniu zdobyczy?

Słońce świeciło jasno, więc osłoniła ręką oczy i – zamarła. Po pogodnym, błękitnym niebie szybował smok. Leciał wprost na nią.

Dziewczyna rzuciła łubiankę na ziemię i co sił w nogach pobiegła w stronę domu. Złowrogi cień potwora dogonił ją jednak i stawał się coraz większy i większy. Poczuła na plecach mocne podmuchy powietrza, gdy smok uderzał skrzydłami, zwalniając podczas zbliżania się do ziemi.

Fragment następnego tomu, *Kraina smoków*

Seria *Przygody w świecie Minecrafta* napisana przez S.D. Stuarta

Jesień 2014 roku:

Wiosna 2015 roku:

Wydawnictwo ARKADY Sp. z o.o.
ul. Dobra 28, 00-344 Warszawa
tel. 22 444-86-50/51, fax 22 827-41-94
info@arkady.eu, www.arkady.eu
www.facebook.com/Wydawnictwo.Arkady
Księgarnia firmowa 22 444-86-61
Wydanie I, dodruk 2015. Symbol 5056/R
Druk i oprawa: „Zapolex" Sp. z o.o., Toruń

Wyłączny dystrybutor:
DOBRA 28 Sp. z o.o., ul. Dobra 28, 00-344 Warszawa
tel. 22 444-86-94, fax. 22 444-86-93
e-mail: biuro@dobra28.pl, www.dobra28.pl
Księgarnia wysyłkowa: www.arkady.info
tel. 22 444-86-97

Josh, Andre i Suzy przemierzają niedostępny dla innych graczy świat Minecrafta, zamieszkany przez inteligentne, samodzielnie rozwijające się moby. Poszukują Herobrine'a, który przebywa tam już od ponad stu lat (czasu gry) i w każdej chwili może przejąć kontrolę nad całym Internetem. Docierają do kolejnego miasta i dowiadują się, że jest ono oblężone przez creepery. Starając się pomóc osadnikom, trójka bohaterów odkrywa straszną prawdę: ataki potworów są sterowane przez kogoś opętanego żądzą władzy.

Dzięki ogromnemu sukcesowi powieści *Herobrine powstaje* oraz żądaniom czytelników, pragnących wiedzieć, jak akcja potoczy się dalej, *Przygody w świecie Minecrafta* rozrosły się w serię książek. Każda z nich jest odcinkiem większej historii.

Czy trójce dziesięciolatków uda się powstrzymać Herobrine'a? Czy jeden z najgroźniejszych bossów gier wideo zagrozi ludzkości?

Patronat medialny

Victor Junior
www.victor-junior.pl

czytamyigramy.pl

Cena 14,90 zł (w tym VAT)
ISBN 978-83-213-4905-3

9 788321 349053

writing a novel until she found the CCWC and knuckled down to a literary mystery, *Poison is a Woman's Weapon*.

D. H. Yeats was a bookseller before going on to work in theatre as a technician and publicist while gaining a BA in African History from SOAS. Ten years ago he started to write and has completed both an as-yet-unpublished novel *Amongst the Cinders of the Hours* and its prequel, a collection of short stories, *Tales from the Opal Shores*.

Maggie Hamand (editor) is a journalist, non-fiction author and novelist. She was winner of the first World One-Day Novel Cup and her winning novel, *The Resurrection of the Body*, was published by Michael Joseph and has been optioned for film. She has published two other novels, *The Rocket Man* and *Doctor Gavrilov*, and is currently working on a new novel as part of a PhD at the University of Hull. A number of her short stories have been published or shortlisted for prizes. She has taught novel-writing at Morley College, was Writer in Residence at Holloway Prison, and a Royal Literary Fund Fellow at London University of the Arts. She co-founded and directed the award-winning small independent publisher The Maia Press from 2002 to 2010 and has published two guides to writing fiction, the best-selling *Creative Writing For Dummies* and a follow-on volume, *Creative Writing Exercises For Dummies*.

The Complete
Creative Writing Course

**Top-quality creative writing courses at the
Groucho Club in Soho, London's well-known
literary venue, and at nearby venues.**

The Complete Creative Writing Course has
a range of courses throughout the year to suit
your individual needs, from beginners through
intermediate to advanced levels. We also run
regular weekend workshops and intensive
summer workshops.

Classes are held on weekday afternoons,
evenings and weekends, and all our tutors
are experienced writers and teachers.
Published former students include Dreda Say
Mitchell, Clare Sambrook and Naomi Wood.

www.writingcourses.org.uk

CCWC
UK £7.99

ISBN 978-0-9576944-7-

9 780957 694477

Twenty-one short stories and novel extracts showcase new talent from The Complete Creative Writing Course. This collection covers a wide range of genres – literary, historical, fantasy, crime and science fiction – and includes work set in 1950s Hollywood, Russia and France during their revolutions, fifth-century Gaul, and both future and fantasy worlds, as well as contemporary Britain. Funny, tragic, insightful and imaginative, these stories should delight and entertain.

Cover design by Jane Havell Associates
Cover image © Miramiska / Shutterstock

The Complete Creative Writing Course is a professional and imaginative course for anyone who wants to write fiction. Now in its eighteenth year, it has become widely recognised as one of the leading independent creative writing courses in the UK. Several CCWC students have been published to critical acclaim and have won or been nominated for literary prizes.

'I would not have written my novel without this course. You get discipline, you get delight! You get enthusiasm and encouragement. Whether you want to start, simply keep going, or need the feedback and the faith to finish, the course is inspirational' – Gerda Pearce, author of *Long Lies the Shadow*, published by Maia/Arcadia in 2011 and in French translation by Marabout in 2014.